박효신 제4창작시집

나의 그리움을 만나고 싶다

박효신

박효신 시인은 인향문단에 시를 발표하며 등단하였습니다. 인향문단 잡지에 초대시인으로 참여하였으며 인향문단 시화집 1집, 2집, 3집, 4집에도 참여하였습니다. 현재 인향문단 편집위원이며 인향문단 자문위원입니다. 마운틴 TV 시공간 명예의 전당에서 대상을 수상하였고 [시를 꿈꾸다 3집 동인지], [한줄의 꿈 2- 캘리 동인지]에 참여하는 등 왕성한 시작활동을 하고 있습니다. 첫 창작시집인 [나의 세상]을 발간하고 두번째 시집 [내눈에 네가 들어와], 세번째 시집 [너의 그리움이 되어]를 발간하였고 이제 네번째 시집 [나의 그리움을 만나고 싶다] 를 발간합니다.

박효신 제4창작시집
나의 그리움을 만나고 싶다

초판1쇄 인쇄 l 2023년 8월 15일
초판1쇄 발행 l 2021년 8월 15일
펴낸곳 l 도서출판 그림책
지은이 l 박효신
주 소 l 경기도 수원시 영통구 이의동 웰빙타운로 70
전 화 l 070-4105-8439
E - mail l khbang21@naver.com
표지디자인 l 토마토

박효신 제4창작시집

나의 그리움을 만나고 싶다

박효신 제4창작시집
[나의 그리움을 만나고 싶다]를 펴내며

영롱한 이슬이 내리는 이른 아침
푸른 잎사귀에 방울방울 맺혀 있는 이슬처럼
아름다운 시 한 편 쓰고 싶다

계절 따라 흐르지 않는
바람 따라 흐르지 않는
세상 따라 흐르지 않는
그냥 아름다운 시 한 편이길 바랄 뿐이다

창밖을 바라보며
차 한잔 마시면서
오늘도 시 한편 쓰면서
나의 시가
영롱한 이슬처럼 아름다운 시가 되길…

다만 새벽에 반짝이다 사라지는 이슬처럼
나의 시도 한 순간 내 마음에 반짝이다
사라지지 않기를 기도한다

그리고 나의 시가
아름다운 인연이 되어
슬프지만 아름다운 인생을 살아가려고
노력하는 아름다운 사람을 만나길 바란다

너와 나, 우리는
잠시나마 세상에 머무는 여행자
그리고 함께 여행을 떠나는 동행자

우리가 가는 길이
아름다운 인연이 되는
그 길에
동행하고 싶다

- 초연 박효신

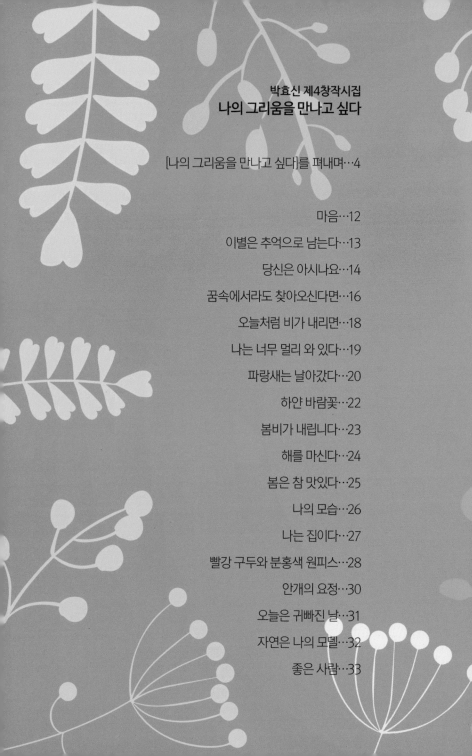

박효신 제4창작시집
나의 그리움을 만나고 싶다

나의 그리움을 만나고 싶다

박효신 창작시집

마음

보이지 않는 것
보이는 것

진실일 수 있는 것
거짓일 수 있는 것

변하는 것
변하지 않는 것

하지만
우리에게 느껴지는 것
살아있어야 하는 것

이별은 추억으로 남는다

밀물처럼 빠른 속도

그리움 묻어 놓고
썰물처럼 빠른 속도로
떠나버린 사랑

사랑은 왜 이럴까?

가는 사람에게도
남는 사람에게도
이별은 추억으로 남는다

당신은 아시나요

당신의 선홍빛 잇몸과 하얀 이

나에게 내보이며 웃는 모습은
저 하늘의 구름처럼 황홀하고
동백꽃보다 더 아름답습니다

당신의 맑은 눈
지중해의 바다보다도 깊고
아름답다는 걸 아시나요

함박웃음으로 웃고 있는 당신
당신을 볼 때마다 내 얼굴에도
웃음꽃이 배어 나옵니다

웃음 속에 곱게 주름진 얼굴
그래도 너무 아름답습니다

당신을 볼 때마다
내 마음이 떨려옵니다

왜일까요?
왜일까요?

당신은 아시나요

꿈속에서라도 찾아오신다면

보고 싶어도
참고 또 참았습니다

조그만 미련도 남기지 말고
다 가져갔으면 좋겠습니다

마음이 아프더라도
그림자에 새겨둔 추억만 남겨두고 가세요

돌아보지 말고 가세요
미련이 남아 내 마음에 상처가 남으면
나는 무너져 내립니다

그래도
꿈속에서라도 찾아오신다면
살며시 손 잡아드릴게요

오늘처럼 비가 내리면

답답한 마음에 소낙비가
터널을 만들어 주었던
그날

물방울 떨어져 내 마음에
은구슬 톡톡 터지는 소리를
남겨주었던 그날

우린 그곳을 향해
목적지도 없이
서로가 얼굴을 마주 보며 달렸습니다

오늘처럼
비가 내리면
생각나는 사람이 있습니다

나는 너무 멀리 와 있다

아이들 키우고
시어머님 모시고 살면서
정지되었던 나의 삶

이제 아이들도
둥지를 떠났고

난 누구일까
뒤돌아본다

이제라도 늦지 않았어

지금부터라도
하고 싶은 것 하면서 살고 싶다

여행도 자주 하고
여러 활동도 많이 하고 싶다

그런데 마음뿐이지
몸이 따라 주질 않는다

뒤돌아보니
나는 너무 멀리 와 있다

파랑새는 날아갔다

파랑새가 찾아와
"아침이야 잘 잤어"
나에게 몇 마디 남기고 날아간다

세상을 열어주는
하루를 행복해지게 하는
사랑의 말

내 심장 속에 파랑새
날 위해
아침의 창을 활짝 열어주던 파랑새

하루를 마치고
파랑새가 찾아오는 아침을 기다리며
잠을 청했다

그런데
이제는 파랑새가 오지 않는다

파랑새는
내 둥지를 떠났다

불면의 밤
돌아오지 않는 파랑새를 기다리면서
밤을 지새운다

하얀 바람꽃

파도의 그리움은
바람이 달래주고

모래의 그리움은
파도가 달래주고

사람의 그리움은 알지 못한 세월이 달래주고
내 그리움은 누가 달래주려나

인적 드문 곳에 홀로 피어 있는 하얀 바람꽃
나를 달래주고
내가 달래주고

너와 난
이렇게 비밀스러운
사랑을 나눈다

봄비가 내립니다

봄비가 내립니다

저 멀리서 봄비가
사르르 걸어서 옵니다

봄비 소리에
들녘 연초록 잎
살며시
고개를 들고 올라옵니다

봄비에 꽃망울 "톡톡" 터져
여기저기
봄꽃으로 채웁니다

해를 마신다

노을,
너는 참 예쁘다

너무나 장엄하여
해를 마신다

노을, 지는 해일지라도
내 가슴을
활활 타오르게 한다

봄은 참 맛있다

봄은
싱그러운 연초록

이른 봄부터 늦봄까지
들로 산으로
연초록을 찾아다닌다

뜯고, 부치고, 무치고
장아찌도 만들어본다

봄은 참 맛있다.

나의 모습

삶은 늘 좋은 일의 연속일 수는 없겠지만
어려운 상황 속에서도 긍정적으로 생각하고
나아질 것이라는 믿음을 가지고 살았어요

그래서 늘 밝고
긍정적인 사람이 되려고 노력했어요

그런데 어째서 일까요
시간이 지날수록 헷갈리기 시작했죠

내가 웃고 있는 지금 정말 웃는 걸까?
진심으로 내 마음이 기쁜가?
나는 지금 정말로 행복한가?

'나'라는 사람이 가진 모습에
정답은 없었어요

그런데도 나는 늘 밝은 사람이 되려고만
했던 것 같아요

나는 집이다

비가 내리면 비를 막아 주고
눈이 내리면 고드름 주렁주렁 머리에 이고
사람들에게 기쁨과 추억을 만들어 주고
햇볕이 내리쬐면 온몸으로
사람들의 버팀목이 되어 줬는데…

내가 늙고 아파서 머리가
다 빠지고 온몸에 상처투성인데
날 치료해 줘야지 치료는커녕 날
너희들 기억 속에서 영영 지우려 하니

난 아프단다
혹독한 긴 세월에
비바람과 눈보라에 온몸 부딪쳐
상처투성이란다

내가 너희들을 지켜주듯
너희가 날 지켜 주지 않겠니
내가 깨끗이 치유가 되면
내 뜰 안에서 너희들과 행복을 느끼며
난 너희들 인생의 선물이 되어 주리라

날 기억해다오

빨강 구두와 분홍색 원피스

검정 고무신 너무 싫어
학교 화장실에 빠트리고 맨발로 집에 오면
엄마는 장에 가서서
또 검정 고무신 사 오신다

난 또 학교 화장실에 빠트린다
몇 번 그랬더니
아버지가 내 손을 잡고 시장에 가서
빨강 구두와 분홍 원피스를 사주셨다

빙그레 웃으시던 아버지

아버진 내가 검정 고무신을 버렸다는 걸
알고 계셨다

꾸지람 대신 선물을 해주셨다

빨강 구두를 신고
분홍색 원피스를 입고
친구들의 부러움을 한 몸에 받는
신데렐라가 되었다

분홍색 원피스와 빨강 구두가
지금도 가끔 생각난다

철부지였던 어린 시절
오직 내 편만 되어주신 아버지

지금은 그리움이 되어 내 가슴을 적신다

안개의 요정

회색의 멋진 드레스를 입고
나비처럼 춤추며
몸놀림 유연하게
세상에 내려온다

그는
슬픈 여인의
울음을 덮고
사연을 덮고

사랑으로 휘감는다

오늘은 귀빠진 날

오늘은 귀빠진 날
다 큰 자식들이 돌아가며 밥을 사네

언제는 양식
언제는 한식
오늘은 중식
골라가며 밥을 먹네

사위 덕에
빙빙 돌아가는 식탁에서
귀빠진 날 축하받고

눈도 호강하네
입도 호강하네
몸도 호강하네
빙빙 돌아가며 호강하네

자연은 나의 모델

자연이 몸부림칠 때
내 감정을 부르는 소리에
산과 바다로 떠난다

초록의 잎새 위에
나의 몸을 맡겨
바람과 소통하고

은빛 모래 위에
하얗게 토해 내는 파도에
나의 몸을 맡겨
바다와 대화하고

저녁노을 속에서
나는 자연과 어우러져 가고

나는
자연의 모델이 되어주고
자연은
나의 모델이 되어준다

좋은 사람

바라만 보아도
가슴이 포근해지는
사람이
있다는 것이
얼마나 행복한가요

"잘 잤냐"고
말 한마디에
설렘으로
심장이 뛰는 사람이
있다는 것이
얼마나 큰 사랑인가요

내 가슴으로
깊이 사랑할 수 있는
사람

늘 그대를
바라볼 수 있어
정말 행복합니다

그대는 사랑스러운
사람입니다

넓은 마당을 안고 사는 사람들

우리 집 뜰 담장 안에 넓은 마당이 있었고
담장 아래 우물이 있었다

깨끗하고 신선한 물이 우물 안에
항상 가득 고여 있었고
뒤뜰엔 감나무 대추나무가 지붕보다 키가 컸고
앞마당엔 포도나무 석류나무와 마주 보고
자기들 언어로 이야기꽃을 피웠다

파란 대추가 빨갛게 익으면
동네 친구들 대추 따먹으러 몰려왔다

대추 따 먹다가 대추나무 벌레한테 쏘이면
아파서 우는 친구도 있었지만
그래도 모두들 씩씩했다

이른 아침 햇살이 반짝이면
나무 담장에 빨강 나팔꽃이 활짝 펴
담장을 빨갛게 물들였다

넓은 마당을 안고 사는 사람들
언제나 함박웃음이 얼굴에 꽉 차 있었다

가을이면 앞마당, 뒷마당은 낙엽으로 이불을 덮어
겨울을 따뜻하게 지냈던 우리집

어느 여인의 사랑 이야기

알 수 없는 물음표를 달고
겨울은
그렇게 깊어가고

검은 하늘에는
겨울바람이 몰려오고

그 해 겨울
여인의 가슴에는
미련이 아닌
애증이
눈이 되어 내렸다

눈

너의 얼굴은
붉은 빛으로 물들고

나의 얼굴은
우윳빛으로 물들고

우린 눈과 눈을
마주 보고 있으니

서로가 서로에게
마음을 전한다

내 안에 내 마음

싸늘한 심장에
온기가 돌아
심장이 뜨거워

사라진 감정이 살아
콩닥콩닥

내 안에 내마음
너무나 많은
내가 살아 숨 쉬고 있다

세월 흐름에

세월 흐름에
사랑을 알았고
세월 흐름에
기다림을 배웠고
세월 흐름에
외로움도 느꼈고
세월 흐름에
그리움도 쌓이고

해가 뜨고 지며
말없이 가는
세월

그 안에 내가 있다

생명수

또르르 또르르 폰 속에서
흘러나오는 소리

그리운 눈물일까요?
사랑의 사연일까요?

귀 기울여 봅니다
그리운 눈물도 사랑의 사연도
아니었군요

폰 속에서 흘러나오는
그 소리는
삶에 지친 사람들에게
생명을 불어 넣어주는
생명수 소리였네요

인생은 소풍

우리 삶은
얼마나
인내하며 사는가에 따라
즐겁고 행복한
소풍

삶에 지친
오늘이라도
오늘이 가면
어김없이
내일은
다시 온다

삶이
우리를 속이거나
슬프게 할지라도
힘을 내
다시 시작하면

삶은
행복한 소풍

휘황찬란한 밤

달빛도 없는
밤하늘

하얀 벚꽃에 묻혀
탄성을 지르며

밤을 장식하는
휘황찬란한
여인들

조약돌이 되기까지

지금보다
어린 시절의 나는
정말 성질이 급했던 것 같아요

빨리빨리 흘려보내면
빨리빨리 괜찮아지는 줄
알았어요

모든 것을
그냥 흐르도록 내버려 뒀다면
기다릴 줄 아는 사람이었다면
"조금은 괜찮았을까"하는
생각이 들어요

물길 따라 흐르도록 내버려 두면
모난 돌도
조약돌이 되는 건데…

살아간다는 건
조약돌이 되는 게 아닐까요?

때론 물 흐르듯
시간을 흘려보내야
흐르는 물을 보며
그저 흐르도록 내버려 두는 것이
때론
최고의 치유라는 것을 배웠습니다

상처를 보듬어 안았습니다

당신이 아니면 안 될 것 같았습니다

구멍 난 마음이 아파서
몸서리치며 달랬습니다

잊을 수 없는 이 마음
무너지는 이 마음

그러나 더 이상 아프면 안 되기에
혼자서 상처를 보듬어 안았습니다
긴 시간
스스로 상처를 보듬어 안았습니다

그 섬에 가고 싶습니다

스무 살의 여린 감성으로
이름 없는
섬으로 떠났습니다

그 섬은
아름다운 섬이었습니다

은빛 파도와 금빛 모래가
예쁘게 자리 잡고 있는
포구에서
마음을 맡기고
하루종일 바라보았습니다

그대와 나의 가슴에
사랑이란 두 글자를 새겨준
아름다운
그 섬에 가고 싶습니다

그리움

뒤뜰
석류나무 아래
청개구리
짝도 없이 혼자 울고 있는 날은
비가 내린다

비가 내리면
청개구리 한 마리
내 뜰 안에
살며시 들어와
자리 잡는다

연둣빛 호수

버드나무 초록빛 때문에
호수는
연둣빛일까

큰 연잎 초록빛 때문에
호수는
연둣빛일까

연둣빛 호수는
어느새
나의 마음에
빛이 되어
자리 잡는다

비 냄새

이른 새벽에 유난히
비 냄새가 코끝에 스며든다

비의 냄새가
구름을 타고 바람과 함께
빠른 속도로 달려온다

비 냄새가 향기를 품어
기다리는 소식 전해주려나

오늘 밤
기다린다

그리운 어머니

메마른 산 능선에서
고운 바람 타고 활짝 핀
새색시가 나를 오라 손짓합니다

향기 실은 발자국 소리
흠칫 놀라 구름 위를 보니
그리운 어머니의 사랑
포근히 채워 나를 안아줍니다

꽃가마 타고 시집오실 때
양귀비도 부러울 만큼
곱디고운 연지 곤지 찍은 어머니

예쁜 산등성에 핀 동백꽃은
그 어머니에 그 딸인
나의 꽃과 같았습니다

내가 꽃인 것처럼
내 새끼들도 가장 사랑하는 꽃이
붉게도 하얗게도
계절 따라 자태를 보입니다

혹독한 겨울엔
백발인 어머니의
꽁꽁 언 붉은 입술에
꽃처럼 순백의
눈물이 흐릅니다

내가 어머니 분신이듯
사랑하는 내 작은 분신들도
나를 기다리는 능선에 서서
봄이 오기까지
기다릴 겁니다

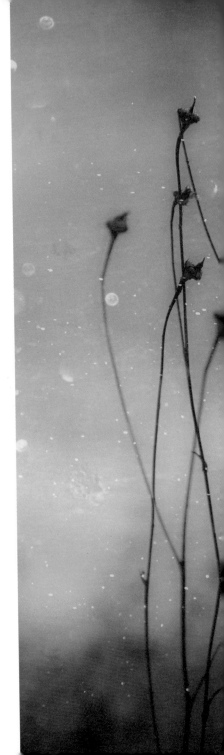

화산이 터진다

화산이 터진다

마그마가
흘러내리면서
내 마음을 잿빛으로
덮는다

부끄러움도
욕망도
아무 것도
없는

공허

그래도 공들여 살았습니다

자연을 동경하는
나의 이야기는
신비로운 암석들과 닮았어요

나의 이야기가
쌓이는 것처럼
암석들도
시간이 쌓여 만들어졌어요

이따금씩
그런 돌을
가만히 들여다보면서
힘든 시간들을
툭툭 털어냈습니다

나도
나만의 날들이 쌓이면
저 돌처럼
나름대로
매력 있는 사람이 될 것이라고
생각하면서요

추억 여행

싸전 마당의 추억

장날이면 11개 면에서
남녀노소 구분 없이
장 보러 나오던 곳

싸전 마당은
연극을 하며 약을 파는 소리가 흐르고
때론 서커스에 시선을 빼앗겨
시간 가는 줄 모르던 곳

골목마다
리어카 고무 다라에
보리, 팥, 소금… 없는 게 없는
간판은 없어도 얼굴이 간판이고
목소리가 품목판인 아주머니들

엄마 치맛자락 붙잡고
장에 따라가면 사람구경에
풍선처럼 떠오르는 어린 시절
엄마 말 잘 들으면
손에 쥐어주시는 국화빵

엄마를 잃어버려
장터에서 울고 있는 친구들
어스름 저녁보다
빨리 집으로 돌아갔으면 하던 곳
이웃 마을 친구들과 놀기도 했던
장터는
떠들썩한 우리의 놀이터도 되었다

양손에 꾸러미 들고 집으로 갈 때쯤
헤어지는 친구들을 뒤로 하고
손을 흔들며
엄마 치맛자락 꼬옥 잡으며

집에 도착할 때쯤
하늘은 석양이 점점 깊어져
엄마 얼굴도
내 얼굴도 빨갛게 물들어간다

진흙을 뚫고

물 위로 올라와
영롱한 이슬
한 모금 머금고

햇살 한줌 받으며
농염한 꽃향기로
잦아들어

내 눈을 현혹하는
반짝반짝 빛나는
너의 눈망울

열정과 온정

매일 보는
일출, 노을, 햇살, 그림자…
그 안에 들어있는
삶의 풍경

우리가 태어나서 살아가는 동안
마음을 다해서 사랑하고
치열하게 도전하고
경쟁하며

좋아하는 것을 찾고
원하는 일을 하고
때론 질투하고
좌절하며
슬퍼하는
모든 것들이
우리 마음속의 열정

살면서 품는 붉은 마음
당신의 열정속에도
온정은 있다

뜨겁고도 차가운 열정 안에
때로는 따뜻한
온정이 숨어있다

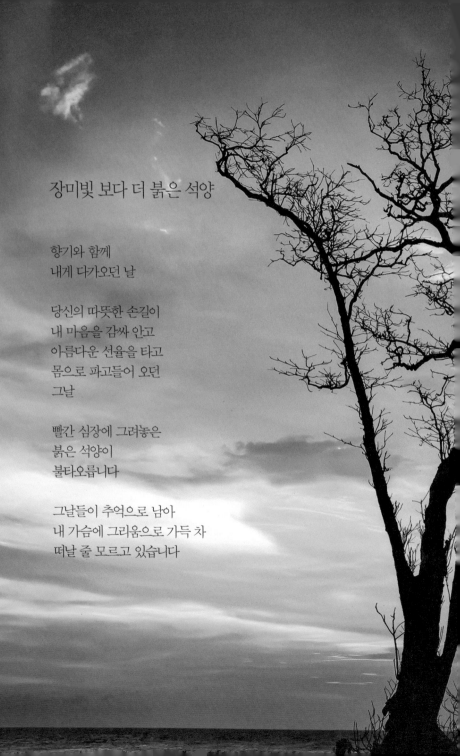

장미빛 보다 더 붉은 석양

향기와 함께
내게 다가오던 날

당신의 따뜻한 손길이
내 마음을 감싸 안고
아름다운 선율을 타고
몸으로 파고들어 오던
그날

빨간 심장에 그려놓은
붉은 석양이
불타오릅니다

그날들이 추억으로 남아
내 가슴에 그리움으로 가득 차
떠날 줄 모르고 있습니다

나의 그리움을 만나고 싶다

그리움이 떠 있는
하늘을 본다

자유로이 훨훨 날아
어디론가 가는
흰 뭉게구름에 몸을 실어

그리움이
머무는 곳으로
가고 싶다

그 그리움의 끝에서
나의 그리움을
만나고 싶다

봄 소풍

개나리 노란 옷 입고
봄 소풍
오고있다

산길 따라 바람 타고
들녘에 살짝 내려앉는다

노랑 리본을 머리에 매고
봄 소풍 오니
새들도 반갑게 맞이한다

지지배배… 지지배배…

누군가 나에게 묻는다

넌 사는 이유가 뭐니
그냥 사니까 사는 거야

그래, 그건 아닌데
무슨 목적이 있어야 사는 이유가 되지?

누군가 나에게 이렇게 말했다

그래서 다시 대답했다
"그냥 사니까 사는 거야"

소금밭

바위틈 사이로
한 발 두 발 옮겨가며
정상에 오르니
바다 위 하얀 모눈종이

옛날엔 눈물의 소금밭
고달픈 삶의 터전
그리움이었는데

발아래 내려다본 소금밭
하얀 모눈종이 같아라

아름다운 삶의 터전이어라

달빛 축제

찬란한 달빛 축제
황홀한 달빛 축제

고택에 귀하게 차려진 찻잔
은은한 향을 풍기며
잘 우려진 녹차 한 잔

누구의 손길로 이리도 곱게,
이리도 은은하게, 이리도 귀하게,
나란히 차려 놓았을까?

캄캄한 달밤에
따뜻한 녹차 한 잔에
마음을 녹이고 달을 품는다

- 현충사에서

술

온갖 사내들이 너의 사랑에
걸려 넘어간다

거참 묘하다
떫지도, 시지도, 달지도 않는 것이
쓰디쓴 맛 밖에 안 나는 것이

그 맛이 오묘하여 사내들
한번 빠지면 헤어나질 못하니

나도 그 묘한 사랑에
걸려들어 빠져나오지 못하고
휘어청 넘어간다
수렁에서 빠져나오려 하니
나올 수가 없다

이 놈에 몸뚱어리도
너의 오묘한 맛에
어쩔 수 없이 빠져 넘어간다

그냥 바람이더라

너를 사랑하기에
손을 내밀어 보았지만
내 손을 잡고 오랜 세월
머물기를 바랐지만
잠시 스쳐 지나가는
바람

빨갛게 물들은
나의 마음은
동녘 하늘 여명보다
더 빨갛게 물들이고
지나간 바람

바람의 그림자
아직 붉은 심장에 서성이고
그리움은 실루엣처럼
윤곽만 희미하게 뇌리에
스쳐 지나갈뿐

그리움에
소리쳐 불러도
그냥 지나가는
바람

사랑스런 여인

얼굴에 사랑이 그윽하고

몸매에 아름다움이 그윽하고

웃음꽃에 행복이 그윽하다

흐르는 삶

당신의 삶은 흐르고 있나요

어딘가에 멈춰있진 않은가요
혹시 어딘가에 멈춰있다면.
고개를 들어 물길을 보세요

물이 흘러가는 것처럼
당신의 시간도 흐르도록 두세요

시간이 지나면 괜찮아질 거예요
당신의 삶도 마음도
그리고 당신은 발견하겠죠

당신 앞에 펼쳐진 아름다운
저녁노을을…

땅

단단하고 무겁고 묵직하고
발을 디딜 수 있는 곳
모든 생명체가 살아가는 곳

당신이 뿌리내린 땅
당신이 자라온 땅
당신이 걷는 땅

당신은
어떤 땅에 서있나요?

당신은
어떤 땅을 걸어가고 있나요?

인정

다른 누구보다
내가 나를 있는 그대로
인정해 주는 것

내가
온전한 나의 모습으로
살아간다는 것

내 삶의 주인이
나라는 것을 알아가는
일이 아닐까요?

비

오늘은 님께서 오신답니다

하늘에서 제일 가까운 산등성에
님이 오신답니다

계곡을 타고 빠른 걸음으로
내려오고 있는 님

어느새 우리 집 담장을 뚫고 들어와
땅속으로 스며들었습니다

처음 내 뜰 안에 들어온 님
세월을 낚으며 노닐다
바람타고 떠나가시더이다

행복에 날개를 달고

마디마디 걸어온 이길
굴곡진 세월에 어떻게
좋은 일만 있겠습니까?

때론 힘든 세월에 지탱하기
어려운 삶도 있었고
가시밭길에 넘어져
푹 패인 상처

세월에 기대어 살다 보니
상처도 아물고

살맛 나는 세상이
눈에 보입니다

이젠
행복에 날개를 달고
저 높은 곳을 향하여 올라갑니다

그대와 함께

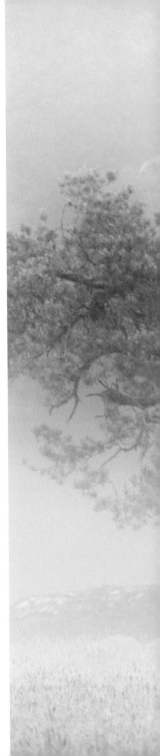

별처럼 빛나는 웃음

여린 가슴을 안고
있는 그대

웃음 한 아름
가득 차 있는 그대

고운 햇살에 익어
반짝 빛나는 초롱초롱한
눈을 가진 그대는
진정 사랑스러운
사람

늘 별처럼 빛나는 웃음
빛나소서

허공에 서 있는 소나무

높은 산 절벽에
혼자서 한 손으로
바위를 꼭 잡고
서있는 작은 소나무

강렬한 태양이 내려 쬐도
눈보라가 휘몰아쳐도
비바람이 몰아쳐도

아슬아슬 벼랑 끝에 매달려
한손으로 바위를 꼭 잡고 떨어질듯 말듯
곡예를 하듯

늘 그자리에 꿋꿋하게 서 있는
소나무

어쩌다
허공에 서 있는 소나무가 되었을까?

나의 황제

밀물처럼
빠르게 다가온
사랑

혜성처럼 나타난
사랑

굴곡진 세월의 흔적
얼굴에 가득한데
언제나 해맑은 웃음으로
날 바라봐 주는 그대

사랑합니다
사랑합니다

대방어

푸른 바닷길 깊은 곳
유유히 춤을 추며 여행하던 방어

딱딱한 배 위로 올라온다

물감을 뿌려 놓은 듯한
푸른 바다에 사람이 던진
철 가시가 대방어 입에 박혀
피가 흐르고 쓰러져 눕는다

사람들은 당연하다는 듯
기뻐하며
서로가 자축하며
회로 떠서
먹고 마시고 담소를 나누며
즐거워한다

아름다운 인연

만날 수 있음에 기쁨도 있고
사랑할 수 있음에 희망이 있고

우린 서로가
행복의 손잡고 이 길을 거닐었고
이 길을 거닐다 보니
이름 모를 새들 우리를 반기듯
우렁차게 지저귄다

바닷가를 거닐며
서로가 서로에게
이야기 봇짐 하나 둘 풀어 놓으니
무슨 사연이 그리 많은지

작은 목소리에
귀 기울이며 소통하고
공감한다
아름다운 이 길을 걷다 보니
저 바다 끝자락
고기 잡는 어부도 보인다

진한 바다의 냄새 따라
바다 길을 걸으며
우린 아름다운 인연을 만든다

우리는 사람꽃

제 아무리 예쁜 꽃도
사람꽃보다 예쁘진 않다

겨울로 가는 계절을
탓하지 않고
흐르는 세월을 순응하며
사랑으로 함박웃음 짓는
여인들

참 아름답습니다

붉은 단풍보다 저 바다 끝자락
걸터앉은 노을보다
더 아름다운 여인들이여

그대들은 진정 고귀하고
은은한 향기를 품는
사람꽃입니다

햇살이 훔쳐 보는 오솔길

바람도 따뜻한 숲길
앙상한 나무 사이로 따뜻한
햇살이 스며드는
오솔길

저 긴 호수 위 사람들의
까르르까르르 웃음소리에
물보라가 일고
내 눈망울에 촉촉한
추억을 그려 놓는다

햇살이 앙상한 나무 사이로
나를 훔쳐봐도
바람과 함께
오솔길을 걷는다

햇살이 훔쳐보는
오솔길

초연 1

바람에 흔들리는
앙상한 나무

그 나무의 가지만 봐도
추위에 시린 엄마 손끝이
생각난다

나는 이곳에 살고 싶다

꿈이 있는
이곳에 살고 싶다

뜨거운 사랑이 있는
이곳

언제나 웃음꽃이 넘치는
이곳

아름다운 당신이 있는
이곳에
살고 싶다

겨울꽃

누구의 마음이
저토록 시리도록 파랄까?

겨울에 핀
파란 하늘꽃

겨울 하늘 아래
구불구불한 능선에 핀
하얀 눈꽃

누구의 마음일까?

이때가 언젠가

들녘에
하얀 찔레꽃이
만발하고

거리엔
하얀 벚꽃이
만발하고

내 머리엔 하얀
이팝나무 꽃이
활짝 폈다

벚꽃

당신
하얀 미소로
봄소풍
오시어소

봄소풍 오시어 가시면
언제
또 오시어요

찔레꽃

하얀 찔레꽃
향기
그윽하여라

바람도 구름도
향기 찾아
발걸음 옮기는데

하얀 눈웃음 짓는
찔레꽃 빗물에
촉촉이 젖어
상념에 빠진다

물의 속성

물은 가만히 있는 것 같지만
늘 흐르고 있어요

햇빛이 쏟아지는 정오에는
빛을 담아 빛나는 강이 되었고

해가 저무는 저녁에는
노을을 담아
붉게 물들었습니다

바람이 부는 날에는
수면이 어지러웠지만
바람이 멈추면
곧 고요해지기도 했어요

물은 변하는듯했지만
변하지 않았습니다

흐르면서
스스로의 모습을 찾아갔어요

어떤 색의 물감을 쏟든
시간이 지나면
다시 고유의 모습이 됩니다

가을

가을은 저토록
붉게 물들었는데

찬바람
지나간 자리
너무 쓸쓸하다

인향문단

인향만리
글밥이 그리워
걸어서 찾아왔는데

향 짙은 인고의 향이
여기저기 솔솔 풍겨
눈과 코를 매혹 시킨다

문 열고
살며시 들어가 보니

단상 위에
인향문단 글밥을 짓는
문우님들의
짙은 향이
그윽하여라

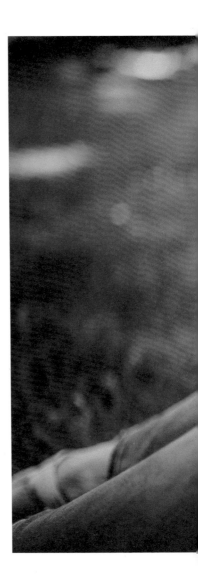

꽃다운 청춘

엄지 공주
우리의 인생 로또는
엄마다

꽃처럼 달덩이처럼
예쁜 우리 엄마

언제나 우리 곁에…

– 두 딸의 선물

집으로 오는 길

돌 틈을 바라보며 걷는다

발걸음 가볍게
집으로 돌아오는 길
하얀 제비꽃 선명하게 피었다

진한 청보라 제비꽃도
노오란 민들레도
따뜻한 햇살 머금고
앙증맞게 피었다

너희들을 누가 여기까지 데려왔을까?

따뜻한 해님이 아니면
바람이 데려왔나?

콘크리트에 꽉 끼어 있어도
예쁘게 당당하게 피었구나

친구야

친구야
잔잔한 호수를 바라 보아라
우리의 만남을 기뻐하듯
반짝반짝 빛나 춤을 추고 있구나

친구야 보아라
저 청아한 하늘 우리의 만남을
환영이라도 하듯
따뜻한 햇살을 비추는구나

친구야 보아라
하얗게 핀 배꽃이 너와 나의
인연을 축복이라도 하듯
바람을 부르는구나

친구야 보아라
우리의 우정이 빛이 되고
우리에게 삶의 희망이란
선물을 주는구나

망각

세월이 가고 또 가면
잊혀지리라 생각했지만

불현듯 가슴 아리게
한 번씩 생각나는
그리움

쓰린 소금을 쏟아부어
씻겨 내면 좋으련만

그래도
그리움은 잠시뿐
모두가 세월 따라
망각하게 된다

너의 사랑

나는 너의 가슴에
빛이 되어 주지 못했다

네 마음에 남는
사랑이길 바랬지만
그러질 못했다

아픈 사랑을
보듬어 주지 못했다
너의 사랑이 깊어
마음이 깊어
말없이 돌아선다

너의 사랑을
간직하기 위하여

바람, 스치거나 머물거나

계절이 흐르면 시간도 흐르고
시간이 흐르면 나도 흐르고 너도 흐른다

스쳐가는 수많은 인연이
나를 단단하게 하고 따뜻하게 하고
때론 매섭게 만들기도 하며 나를 지나쳐간다

계절마다 바람이 부는 것처럼
내 삶에도 바람이 분다
우리들 삶에도 바람이 분다

시린 새벽바람처럼
차갑게 지나가는 사람도 있고
예쁜 봄날에 불어오는 꽃샘추위와 같이
견뎌야 하는 사람도 있다

머무르는 바람이 있듯
내 곁에 머무르는 사람이 있고.

청명한 가을바람은 보내기가 아쉬워
좋은 안녕으로 인사해야 할 인연도 있는 것

내 삶에 바람처럼 불어온 많은 인연들
당신 삶에도 바람이 불고 있나요?

인생은 흐르고 또 흐른다

스쳐 지나간 세월을 잊으려고
방황한다는 것은
얼마나 허무한 일인가?

지난 세월
그리우면 그리운 대로
아프면 아픈 대로
순응해 가며 사는 것이
인생의 삶이리라

늘, 좋은 생각만 하고 살다 보면
무지개처럼 예쁜 삶이 되고
별처럼 반짝 빛나는
인생이 되리라

인생은 이렇게 오고 가고
또 흐르고 흐른다

나들이

우리 나들이 가요
당신과 함께
여행을 떠나고 싶어요

들녘에 나오니
여기저기 꽃이 활짝 펴
방긋 웃고 있어요

이것 좀 보세요

봄바람에
고운 햇살에 사랑받으며
눈웃음 짓는
꽃들을요

너무 예쁘지 않으세요
당신은 나무
난 꽃이랍니다

저 넓은 초원은
당신과 나를
닮았어요

그대는 영롱한 이슬

조금씩 느슨해진 열정은
멀리서도 느낄만큼
마음에서
들려옵니다

설탕을 뿌려 놓은 듯
달콤한 사랑의 상처
남기지 않으려고
웃으며 보내드립니다

그대의 호흡은
이슬처럼 영롱했고
이 세상 어디에도 없을 만큼
감미로웠습니다

지금도 먼 훗날에도
그대는
영롱한 이슬입니다

바닷속 물이 좋아

바닷속은
에메랄드 색이 돈다

바닷속에서
자유로이 춤을 춰도
아무도 보지 못한다

얼굴에 물이
주르륵 흘러도
아무도 보지 못한다

바닷속
흐르는 물결 따라 춤을 추며
사랑을 해도
아무도 볼 수가 없어
난 참 좋다

바다는
나에게 사랑이다

늘 그 자리에서

사랑은
존재의 가치를 못 느낄 만큼
참 귀하면서도
아픈 것이 사랑인가 봅니다

잊으려고 해도
점점 더 그리워지는 것이
사랑이었어요

빗속을 걸어도
빗물이 없어지지 않는 것처럼

그냥 늘 그 자리에서
나를 바라보고 있는 것 같은
그대

제 2의 고향

인생사
지금 현실이다
그러니 비켜 갈수 없는 길

세월 흐름에 들어가기 싫어도
들어가야 할 저 문

저 문은 자동으로 스르르
열려 들어가는 순간

눈을 감아 이 세상 보이지 않으면
들어간 저 문으로
무거운 발걸음
들것에 실려 나오겠지 하는 생각에
슬프고 슬프지만 어이 하리오?

잘난 사람이나 못난 사람이나
누구나 저 문을 넘어 들어가
생을 마쳐야 나오는 저 높은 문턱

가는 날까지 살던 곳에서
살고 싶지만 누구나 본인 의지와는
상관없이 제2의 고향을 만드는 걸 어이 하리오?

얼마 전까지 한 공간에서
부모 공경하며 잘 살았는데
지금은 세상 돌아가는 게
다 그러한 걸 어이 하리오?

누구나 나이가 들면 천천히 가는
연습을 해야 하리오?

저 붉은 노을처럼…

나는 이런 마음을 갖고 싶다

저 하늘 보다 더
파란 마음

저 바닷속 보다
더 깊고 깊은 마음

밤하늘 반짝이는
별 보다 더 반짝이는 마음

무지갯빛 보다
더 맑고 밝은 예쁜 마음

태양보다 더 빛나는
찬란한마음

나는 누구에게나
이런 마음이 되고 싶다

이런 마음이 되려면
얼마만큼 노력이 쌓여야 할까?

그리움이 물들면

그리움 남겨 놓고
가야만 한다면
저 멀리 바다 끝에
보내고 가렵니다

길을 걷다가 우연히 마주친다면
기억도 못하고
스쳐 지나가는 바람일 겁니다

바다가 그리움 품고 있기에
떠나보낸 사람도
떠나간 사람도
기억속에 남아있지 않을 겁니다

천년이 간다한들 잊을 수가
있느냐 했건만

세월 흐름에
머리속은 하얀 물안개로
가득 차 기억도 못한답니다

초연 2

호수에 잠든 달빛
아름다워

추억에 물든
내 삶도
아름다워

내 삶은 영원한 빛이다

밤하늘에
반짝반짝 빛나는 별처럼

하루를 나에게 선물하는
저 바다 끝자락에서
둥글게 피어오르는
붉은 여명처럼

내 삶은 영원한 빛이다

온천천에 실바람이 분다

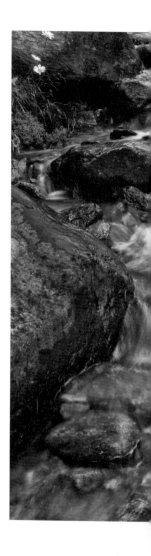

퇴근길에
유유히 흐르는 물을 바라보며
삶에 대하여 생각한다

내가 꿈꿨던 미래는
무엇이었으며
내가 지금 꿈꾸는 미래는 무엇일까

답은 내 안에 있는데
찾지를 못한다

다만 유유히 흐르는
저 실개천 물처럼
나도 그렇게 살면 되겠지

물 흐르듯
미래를 꿈꾸며
그렇게 살면 되겠지

꿈같은 희망의 삶이
영원한 나의 미래일 것이다

오늘도
온천천에 실바람이 분다
온천천에 실바람이 분다

홍매화

3월이면
붉은 얼굴로 물들이고
잠시 머물다 지나가는
여인아

너의 얼굴
호수에 묻어
붉은 그리움 남겨 놓으니

물 위에 살포시
내려앉는 햇님이
표류하는
너의 빛이 되었다

나의 별

하늘에도 별이 있고
땅에도 별이 있는데

나에겐 별이 없는 것 같아
나의 별은
어디에 있는 것일까?

새벽하늘에
빛나는 샛별이
나의 별이기를
간절히 빌어본다

할미꽃

늦고 싶은
사람이
어디
있겠냐만

세월 따라
모두가
늙어간다

우리는 가고 없어도

바람이 지나간 자리는
구름이 잠 재우고

비가 지나간 자리는
태양이 잠 재우고

사람들의 허전한 마음은
사랑이 메어주고

꽃이 지고 없는 자리는
잎으로 메어준다

이 세상은
우리는 가고 없어도
아이들이
세월과 나란히 어깨동무하고
세상을 메어준다

봄

벌써 봄이 나뭇가지에
걸리었구나

남쪽 바람이
봄을 데리고
낭창낭창 걸어온다

나뭇가지에 살짝
걸터앉은 봄

훈훈한 온기에
벌거벗은 가지마다
하얀 봄이 내려앉아

우윳빛 얼굴
드러내 보인다

저마다

저토록 아름다운 길
마디마디 걸어왔는데

다음 세대는
우리 자식들이
이 길을 걸어오겠지

이별은 그랬다

마음이 요동치는 날
살머시
놓아 주었다

넘치도록 받은 사랑 때문에
얼음처럼 살머시 녹아내릴 만큼
솜사탕 같은 여운은
내 마음속에
전율을 남기었다

영혼 깊숙이 자리한
흔적

상처를 남기지 않으려고
살머시
놓아 주었다

가랑비 내리는 오후

창가에 기대어
밖을 바라보니
우산 쓰고 걷는 사람들
발걸음이 무겁다

잊혀진 시간속에
가랑비는 사라져간다

가랑비 내리는
어느날 오후

병실에서

땅으로부터

아주 작은 자갈부터
커다란 돌산에 이르기까지
긴 세월의
흔적을 품고 있는
땅

내가 뿌리내린 땅,
아산
내가 자라는 땅,
우리 가족

내가 걸어온
길

켜켜이 쌓여가는
시간들이 모여서
나의 땅이 되었다

나는
내 땅 위에 서있다

가을인가 보다

매미는
지는 여름이 아쉬워
저리 슬피 우는가?

귀뚜라미는
지는 가을 아쉬워
새벽부터 일어나
누구를 향하여
저리도 구슬픈가?

매미와 귀뚜라미가
무슨 일인가?
구슬픈
합창을 한다

무엇을 위하여
누굴 위하여

저토록 애달픈가?

목련꽃

목련은
우아하게 순백으로 피어
아름다운 모습이지만

몸에서 떨어지면
백옥처럼 하얀 목련 꽃잎은
땅에 떨어져 검게 물드니
어디에도 쳐다보는 사람
하나도 없다

목련은 지고 나면
너무 허무하다

그리고 바람은

바람은
방향이 없어요

바람은
그물에 걸리지 않고

바람은
피부로 느낄 수 있어요

바람은 이름이 많아요

그리고 바람은 계절마다
다시 와요

삶에서 만나는
모든 사람과의 인연이
바람과 같다고
느껴집니다